# 波まかせ ～旅～

柳瀬文子

市井社

# プロローグ

「正論」に
包囲されて
いる
漕ぎ出そう
未知へ

## 船出

いい年をした
世間知らずが
世界一周の船旅に。
――103日も乗るのか！
死ぬほど退屈するぞ

虹のような
テープに送られ
横浜を出れば
まず　人の海への
船出だ

目が合えば
滔々と
これまでの自分の旅を
語り出す
人がいて

船出して
三週間
まず汗と
便の匂いが
変った

眠りの中を
揺れている海
そのかたち確かめたくて
未明のデッキに立てば
もう甲板を洗う水夫がいる

航海歴五十有余年
磨かれ踏まれて
飴色に
底光りしている
トパーズ号のデッキ

舳先に踏み耐えて
潮風になぶられている
時を押し展いて
船は進む
前だけを見ていよう

地球の
肩の丸味をなぞって
西へ西へ
海尽きるまで
西へ

海は空に
空は海に
とけて　けむって
人も島も
昼寝している

波頭
白く砕けて
水煙の中を
虹が
走るよ

真夏の太陽は
金色の刃だ
あえぐように
海面がせりあがる
インド洋を航《ゆ》く

藍玉を
溶かしたような
アラビア海
ひとかかえほどの
白布を染めよう

日がな一日
海を眺めているが
まだ鯨に出合っていない
――もういいかい
――まあだだよ

水母という
生き方
根付こうとせず
漂うことを
かなしみもせず

ヘーイ！
ジャンピング・ドルフィン
からだごと歌っているね
君のいのちは
悦びのかたち

星を
座標軸にしている
男の
静かな明るさに
包まれている

## 砂の海

船、南転。
サソリ座の位置が
少し変った
地球は一つの
巨きな磁石

船は
時速16ノット
心は　少し遅れて
たどり着く
アデン港は夕靄の中

伝説のシバの女王
放浪の詩人ランボーの
面影を求めて上陸すれば
男達の鋭い目付に
射竦められる

アカバからペトラへ
目指す遺跡は
砂の海の彼方
土埃あげて
ジープは走る

ワディラムの
空に谺する
風の声
鳥も鳴かず
虫もいない

陽が灼き
月が凍らせ
風が砕いた
砂の声
さら　ささら　さら

沈黙のエル・ハズネ
灼けた石段の上で
脚の長い
一匹の蟻が
思案している

あ、
不意に走り出す蟻
そいつが
白い石段の隙間に
消えるまでの時間

後向きに進む
フンコロガシの流儀
灼熱の
砂丘を
黙々と行く

時を巻き戻して
始源に
至ろうというのか
聖虫《スカラベ》として
王の胸を飾るものよ

何に向ってか
知らぬまま
私は祈っている
砂漠《ここ》は
あまりにも寂《しず》かなのだ

砂粒が　ひとつ
かすかに動く
世界は無音
風が来て
風が去る

雲ひとつない蒼空の下
風化しつつ
屹立する石柱群
「永遠」ということばが
似合う場所だ

## 古代幻視

メドゥサの
髪の一筋
するすると
ほどけて
光る蛇となる

古代オリンピア
神域に集う勇者たちは
一糸まとわぬ姿で
互いの技を
競ったという

鍛え抜かれた躯は
しなやかな鋼鉄
組み合えば
宝石のような
汗が飛び散る

明日槍を投げるのは
私のいとしい人
ニケの女神様
どうか　あの人に
微笑みを！

客引きの
ダミ声の
上手すぎる日本語
バザールの喧騒に
酔わされていくよ

天窓から降り注ぐ
光の輪の囲りに
くらやみを
かかえた
告解室がある

＊ミラノ大聖堂

波に削られ
太陽に炙られた
島の威厳は
「所有」を
拒んでいる

「巻き込まれた」
と言うべきでない
おまえの中に
渦を喚ぶものが
あるのだ

# フラメンコ幻想

アンダルシア
棘を抱くもの
夕日の赫い舌が
大地を這って
場末の居酒屋《コルマオ》に伸びる

夕暮の巷には
少し疲れた
人々の
汗の匂いが
混っている

気のない調子で
爪弾くセギディーリャ
女が　サパティアードで
煽り立てると
男のギターに火がついた

踏み鳴らせ
大地を
喚び覚せ
地霊を
踊り果てよ　いのちを

# アラスカ

ケルトの海
月は　なお
西空に高く
波間に兆す
日輪を待ち受けている

早朝の甲板《デッキ》で
太極拳
海原のうねりに
同調していく呼吸
私は海になる

ヒュッ！
耳元を切る
風の　口笛
北太平洋の
朝の挨拶

乳色の霧が
みるみる船を
呑み込んでいく
洋上の方位を奪う
白い闇

遡上してくる魚群
川はたちまち
虹色になる
八月の
アラスカ

縄文の土偶
ハイダ族のトーテムポール
アステカの地母神
海を越えてつながる
モンゴロイドの旅の刻印

海面を
無数の白兎が
翔びはじめた
―時化《しけ》るな―　と
水夫が呟く

鉛色の空の下
不機嫌に唸りながら
白い牙をむく波間を
海鳥一羽
低く飛ぶ

灰黒色の
海原に
白波が立つ
轟、轟、轟と
吼える海神

天蓋を満たして
またたいていた
昨夜の星々を
呑み込んでしまったのは
何者か

星の無い
夜空の重さ
濡れている甲板《デッキ》で
けもののように
吼えた

きりきりと
大気を締め上げていく
極まりの刻
氷海を割って
ぐわんと日が昇る

旭日が
染め上げる
南極の空と海
氷結したまま
一気に血の色

進路、西北西
時速、18.7ノット
ドレーク海峡を航《ゆ》く
エンジン音と
私の胸の鼓動と

ゆっくりと
クレバスの裂目は
ひろがり
今　氷河は
海に還ってゆく

# エピローグ

おいで　おいで　と
差し招く
虹のアーチ
とどかないまま
この旅も、また

# あとがき

船旅に誘うのは、いつも主人の方だった。ヨーロッパの街へ行きたい主人と、砂漠や古代遺跡が見たい私とは好みが合わず、これまで一緒に海外旅行などしたことがなかった。

それがリタイアしてからは、ものぐさ者が何故か活き活きして、しきりにクルーズのパンフレットを持ち込んでくる。

そんな訳で、北廻り世界一周、南極経由南廻り、アラスカ、アドリア海、エーゲ海などを航海し、訪れたのは30ヶ国ほど。しかし寄港地でのあわただしいツアーでは、どれもが絵ハガキを撫でたような感想にとどまり、歌として実るまでにならなかった。おまけに、その後の世界変動の激しい渦の中で、そんなものはみんな何処かに吹き飛んでしまった。

結局あの旅の間中、私は波に全てをゆだねて、空と海と太陽と月と星々を、飽かずに眺めていたのだった。

「俺のことネタにするなよ」という言いつけを守って（?）あなたを詠んだものはひとつも無いけれど、同じ波に揺られ、同じ空を眺めてきた記《しるし》として、この歌集をあなたに献げます。

柳瀬丈子

## クルージングの記録

2002　セレブリティ・マーキュリー
8/11 ～ 8/19
アラスカ・シトカ

2003　ヨーロピアン・ヴィジョン　地中海クルーズ
8/9 ～ 8/19
ギリシャ・サントリーニ、コルフ

2007　トパーズ（ピースボートNo.58）　北廻り世界一周 103 日
6/9 ～ 9/19

2008　ＭＳＣポエジア　アドリア海クルーズ
5/23 ～ 6/1
ギリシャ・オリンピア　トルコ

2009　モナリザ（ピースボートNo.64）53 日
2/17 ～ 4/19
アルゼンチン・ブエノスアイレス　南極
タヒチ・パペーテ

**柳瀬丈子**（やなせ たけこ）

1935年　東京神田生まれ。早稲田大学文学部国文科卒業。ＮＨＫの人気番組「こんにちは奥さん」の司会者に起用され、鈴木健二アナウンサーとのコンビで評判をとる。以後各局の生活情報番組、教育番組の司会者、キャスターとして出演。この間、草壁焔太氏主宰の『絶唱』『湖上』『詩壇』及び、新川和江、吉原幸子両氏の『ラ・メール』に参加。

1994年　『五行歌』同人。

1982年　詩集『やさしいメフィストフェレス』市井社

1984年　訳詩集『プリット』講談社

1986年　詩集『青のブーメラン』思潮社

1998年　五行歌集『夜明けの河』市井社

2010年　五行歌集『風の伝言』市井社

# 波まかせ　～旅～

2017年10月26日　初版第1刷発行

著　者　　柳瀬丈子《やなせたけこ》

発行人　　三好清明

発行所　　株式会社 市井社

〒162-0843

東京都新宿区市谷田町3-19 川辺ビル1F

電話　03-3267-7601

http://5gyohka.com/shiseisha/

印刷所　　創栄図書印刷 株式会社

装　丁　　しづく

写　真　　著者



ISBN978-4-88208-150-0

落丁本、乱丁本はお取り替えします。

定価はカバーに表示しています。